© Bayard Éditions 2005
Dépôt légal : septembre 2005
ISBN : 978-2-7470-1702-2

Imprimé par Pollina - L67517A
Loi 49-956 du 16 juillet 1949
sur les publications destinées à la jeunesse
Tous les droits réservés.
Reproduction, même partielle, interdite.
6ᵉ tirage : novembre 2013

7 histoires malicieuses de
Petit Ours Brun

Illustrations de Danièle Bour

bayard jeunesse

Une histoire écrite par l'équipe
de rédaction de *Pomme d'Api*

Petit Ours Brun

fait une grosse bêtise

Petit Ours Brun
est tout seul.
Petit Ours Brun
s'ennuie.

Petit Ours Brun
trouve un gros crayon.
Petit Ours Brun
va faire un dessin.

Petit Ours Brun
ne sait pas où écrire.
Il essaie sur le mur.

C'est bien, sur le mur,
Petit Ours Brun
peut dessiner debout.

En marchant,
Petit Ours Brun
fait un trait bien droit.

Sur la porte,
ça fait des petites bosses.
Petit Ours Brun
s'amuse bien.

Maman Ours
se fâche vraiment :
– Alors ça,
Petit Ours Brun,
c'est la fessée !

Une histoire écrite par Marie Aubinais
et l'équipe de rédaction de *Pomme d'Api*

Petit Ours Brun
aime sa casquette

Petit Ours Brun
a une casquette.
Il la met
dès qu'il est réveillé.

Petit Ours Brun
aime sa casquette.
Il la remet
dès qu'il est habillé.

Petit Ours Brun
retourne sa casquette.
Ah !
Il a moins chaud,
comme ça.

Petit Ours Brun
relève sa casquette.
Eh ! Il fait le clown,
comme ça.

Petit Ours Brun
retire sa casquette.
Pratique pour
transporter ses trésors !

Petit Ours Brun
resserre sa casquette.
Après, il peut faire
plein de sport.

Petit Ours Brun
a enlevé sa casquette.
C'est simplement
parce qu'il dort.

Une histoire écrite par Marie Aubinais
et l'équipe de rédaction de *Pomme d'Api*

Petit Ours Brun
est fier de lui

Petit Ours Brun
dessine des ronds
bien ronds.
Il dit : – C'est beau, non ?

Petit Ours Brun
fait tenir ses jouets
en tas.
Il dit : – Eh, papa,
tu as vu ça ?

Petit Ours Brun
remplit son verre
tout seul.
Il dit :
– Est-ce qu'il y en a
qui en veulent ?

Petit Ours Brun
coupe une tranche
de gâteau.
Il dit : – Vous voyez,
je n'en coupe pas trop !

Petit Ours Brun
fait un beau boudin.
Il dit :
– En plus, je le fais
d'une seule main.

Petit Ours Brun
fait pipi
comme un grand.
Il dit : – Je fais comme ça,
tu vois, maman ?

Petit Ours Brun
est tout fier
d'avoir grandi.
Il dit :
– J'aime bien ce jeu
de quand j'étais petit.

Une histoire écrite par l'équipe
de rédaction de *Pomme d'Api*

Petit Ours Brun
range son coffre à jouets

Aujourd'hui,
Petit Ours Brun
a décidé de ranger
son coffre à jouets.

Il sort du coffre
son camion, ses voitures,
son jeu de quilles,
son ballon, son râteau.

Il sort aussi
son train, ses cubes,
son tambour, sa toupie.

Petit Ours Brun
retrouve son téléphone.
Il dit : – Dring, dring !
Allô, qui c'est ?

Puis Petit Ours Brun
découvre un livre. Il dit :
– Ça, c'est mon histoire
pour ce soir.

Papa Ours entre
dans la chambre et il dit :
– Qu'est-ce que c'est
que ce désordre ?

Petit Ours Brun répond :
– C'est pas du désordre.
Tu vois bien, je range !

Une histoire écrite par Marie Aubinais
et l'équipe de rédaction de *Pomme d'Api*

Petit Ours Brun
est grognon

Petit Ours Brun
n'arrive pas à faire
son puzzle.
Il souffle :
– J'en ai marre…
j'en ai marre…

Petit Ours Brun
demande à boire.
Il s'énerve : – Non,
pas dans ce verre-là !

Petit Ours Brun
voit papa mettre
le couvert.
Il gémit :
– Mais c'est moi
qui devais le faire !

Petit Ours Brun
se cogne dans la porte.
Il crie :
– Aïe ! T'es bête ou quoi,
la porte !

Cette fois,
c'est Papa Ours
qui se fâche.
– Dis-donc, Petit Ours
Brun, tu vas te calmer ?

Petit Ours Brun
pleure pour de bon.
– Je me fais mal,
et toi, tu me grondes.

Papa Ours dit :
– Je connais un petit ours
qui a un énorme
besoin de se reposer.

Une histoire écrite par Marie Aubinais
et l'équipe de rédaction de *Pomme d'Api*

Petit Ours Brun
mange un œuf

Dans le coquetier
de Petit Ours Brun,
il y a un œuf,
tout chaud !

Dans la cuillère
de Petit Ours Brun,
il y a un petit chapeau,
tout blanc !

Dans l'œuf
de Petit Ours Brun,
il y a du jaune,
bien jaune !

Dans l'œuf
de Petit Ours Brun,
il y a encore du jaune,
tout mou !

Dans l'œuf
de Petit Ours Brun,
il n'y a plus que du blanc,
c'est tout !

Dans l'œuf
de Petit Ours Brun,
il n'y a plus rien du tout,
voilà !

Dans le coquetier
de Petit Ours Brun,
il y a un nouvel œuf !
Vraiment ?

Une histoire écrite par l'équipe
de rédaction de *Pomme d'Api*

Petit Ours Brun

et la balançoire

Petite Ourse Rousse
n'est pas contente :
– Pousse-toi,
c'est ma balançoire !

Petit Ours Brun
ne veut pas
se pousser :
– Oui, mais moi,
j'étais là le premier.

Petite Ourse Rousse
ne veut pas céder :
– C'est ma balançoire.

Petit Ours Brun
ne cède pas
non plus :
– Tu peux bien
me la prêter.

Petit Ours Brun
a une idée. Il dit :
– Mets-toi là,
tu vas voir.

Une balançoire
pour deux,
c'est beaucoup mieux !